FSC
www.fsc.org
MIX
Papier aus verantwortungsvollen Quellen
Paper from responsible sources
FSC® C105338

Bibliografische Information der Deutschen Nationalbibliothek
Die Deutsche Nationalbibliothek verzeichnet diese Publikation in der Deutschen Nationalbibliografie;
detaillierte bibliografische Daten sind im Internet über http://dnb.d-nb.de abrufbar.

Herstellung und Verlag:
Books on Demand GmbH, Norderstedt
Covergestaltung und Layout: Andrea Fuchs
Fotografien: Familie Fuchs
ISBN-13: 978-3-8482-1928-5

Frauchen wünscht sich ...

Episoden aus dem Alltag von Mops und Mensch

Texte: Andrea Fuchs
Fotos: Familie Fuchs

Kasper

Ich heiße Kasper Prinz zur alten Grube und bin hier im Hause der Erstgeborene - am 26. August 2007.

Mit meinem blonden Fell und meinem überaus liebenswerten Wesen habe ich von Anfang an alle verzaubert - jeder liebt mich, und ich liebe Jeden! Ob Mensch, ob Tier - ich finde alle toll. Nun ja... Briefträger und Nachbars Katzen einmal ausgenommen!

Ich liebe meine Schlafplätze, den Sessel im Wohnzimmer und Frauchens Bett. Ich liebe mein Futter und bin ein genussvoller Langsam-Fresser. Und ich liebe lange Spaziergänge - wobei ich immer wieder beweise, dass auch Möpse durchaus Jagdtrieb zeigen können.

Auf jeden Fall bin ich hier der Prinz im Hause, denn niemand kann sich meinem Charme und meiner Liebenswürdigkeit entziehen.

Der glücklichste Tag meines Lebens ist der, an dem mich Mika morgens ausschlafen lässt!

Mika

So, und jetzt komme ich!

Ich heiße Mika Prinz zur alten Grube und habe am 16. Juni 2009 die Welt verändert!

Am Anfang schien ich recht schüchtern, doch der Schein trügt. Bereits im zarten Alter von 11 Wochen konnte ich aus tiefster Kehle grollen und natürlich auch bellen.

Jedenfalls bringe ich hier im Hause endlich alle auf Trab und kann mit Fug und Recht behaupten, dass ich ...

... mindestens 3 Mal so schnell fresse wie Kasper.

... früher hellwach bin als Kasper (natürlich auch am Wochenende pünktlich um halb 6).

... schon wesentlich mehr potentielle Einbrecher verbellt habe als Kasper.

... mich nachts in Frauchens Bett deutlich breiter mache als Kasper.

Nun, wer ist hier wohl der wahre Prinz?

Der glücklichste Tag meines Lebens ist der, an dem ich endlich sprechen lerne!

Frauchen wünscht sich...

...Möpse!

Kasper ist ganz offensichtlich ein Mops. Er ist verfressen, hasst Regenwetter und schläft im Bett. Außerdem hat er die Herrschaft über meinen Lesesessel und den besten Platz auf der Couch. Morgens sitzt er als erster am Frühstückstisch und wartet auf ein Stückchen Käse.

Bei Mika liegt die Sache anders. Offensichtlich hat er seine Zugehörigkeit zur Spezies Hund noch nicht erkannt und befindet sich im Zuge der Pubertät in einem Identifikationskonflikt.

Natürlich ist auch Mika äußerst verfressen, hasst Regen und schläft im Bett. Diese Tatsachen sprechen eindeutig dafür, dass wir vom Züchter wirklich einen Mops erstanden haben.

Allerdings mutiert Mika jeden Morgen zur ***Katze***: Im Bett schlägt er Purzelbäume, hascht dabei nach allem, was sich unter der Bettdecke bewegt und tatzelt mit seinen Pfötchen in sämtliche Gesichter. (Bei der ersten unvermittelten Begegnung zwischen Mikas Pfote und meinem Auge musste ich den Notfall-Augenarzt aufsuchen.) Anschließend rollt er sich auf den Rücken und wird immer dünner und länger! Mit ausgestreckten Beinen liegt ein Meter Mops rücklings zwischen uns im Bett. Dieser langgestreckte Meter reibt sich genüsslich an uns und schafft es tatsächlich, sich ohne Zuhilfenahme seiner Extremitäten durch das ganze Bett zu schlängeln!

Dabei stößt er merkwürdige, grunzende Laute aus... Steckt vielleicht auch ein ***Schwein*** im Mops? Nicht nur nach Matsch-Spaziergängen könnte man es meinen.

Im Sommer wunderte ich mich mehrere Wochen lang, wie viel Salat, Karotten und Obst unsere Schildkröten fressen. Glücklich über den gesunden Appetit der beiden, legte ich mehrmals täglich nach.

Bis ich eines Tages den zur ***Schildkröte*** mutierten Mika auf frischer Tat ertappte: Ganz gerissen wartete er ab, bis ich außer Sichtweite war, um sich dann schnell zu den Schildkröten zu gesellen. Dort schnappte er sich einen halben Salatkopf und fraß ihn genüsslich auf!

Beim Spazierengehen verwandelt sich Mika regelmäßig in eine ***Kuh***. Saftigen Grashalmen kann er nicht widerstehen und weidet sie regelrecht ab. Glücklicherweise scheint er sie problemlos zu verdauen und kotzt sie nicht in mein Bett.

Zu guter Letzt steckt auch noch die Seele eines ***Opernsängers*** in Mikas Brust. Wenn ich nach Hause komme, wirft er den Kopf in den Nacken und singt minutenlang in den höchsten Tönen die wundersamsten Melodien!

Am Abend aber, wenn er sich wohlig schnaufend auf dem Sofa in meine Kniekehle kuschelt, ist er nichts anderes mehr als ein kleiner, müder Hund.

Möpse sind doch ein Wunder der Natur!

Frauchen wünscht sich...

...Hunde ohne Bremse!

Eigentlich haben wir ja ausgesprochene "Sportmöpse" - rank und schlank, muskulös, durchtrainiert und äußerst lauffreudig.

Allerdings nicht immer.

Um die Lauffreude zu maximieren, bedarf es unterschiedlicher Voraussetzungen.

Erstens: Das Wetter. Es sollte weder zu heiß noch zu kalt noch zu nass sein. Regen geht gar nicht!

Zweitens: Die Tageszeit. Früh morgens und abends will es MOPS bequem. Vor 9 und nach 19 Uhr ist ein Spaziergang nur im Hochsommer möglich, da es in den Stunden dazwischen zu heiß ist (siehe Punkt 1).

Heute stimmt alles: 10 Uhr am Vormittag, laue 20 Grad, Sonnenschein, leichter Wind. In Erwartung einer langen Runde wird auch noch die Hundetrinkflasche eingepackt.

Es geht los!

Während Mika aufgeregt und schlaksig wie ein junges Fohlen an der Leine tänzelt, zieht Kasper, kaum dass wir das Gartentor passiert haben, die Mopsbremse: Die Vorderbeine rammt er stramm in den Boden, gleichzeitig zieht er den Kopf zurück, so dass der Hals völlig verschwindet und mindestens ein Ohr durchs Halsband rutscht.

Aha, der gnädige Herr wünscht in die andere Richtung zu gehen!

Aber diesmal bleibe ich hart. Schließlich bin ich der Chef.

Kurz entschlossen nehme ich den Querulanten auf den Arm und trage ihn die ersten zweihundert Meter. Dieser geniale Trick funktioniert meistens, auch, wenn dieser Anblick die Nachbarschaft zu hämischem Grinsen veranlasst. Mops lässt sich spazieren tragen! Na immerhin läuft einer der beiden! Nach zweihundert Metern der zweite Versuch. Mopsbremse!

Sämtliche Motivationsversuche scheitern.

Leckerli, gutes Zureden, Schimpfen....Mopsbremse!

Kasper will aus unerfindlichen Gründen einen anderen Weg gehen und lässt sich nicht umstimmen.

Peinlich! Hoffentlich beobachtet uns niemand! Schon öfter fürchtete ich, der Mopsentführung bezichtigt zu werden, weil ich einen "bremsenden" Mops hinter mir her zog...

Also gehen wir die zweihundert Meter zurück nach Hause (jetzt spurtet Kasper voran) und ich greife zu Trick 2:

Wenn wir mit dem Auto ein Stück fahren und im freien Gelände aussteigen, dann müssen die Möpse ja laufen! Tun sie auch immer, außer es hat in der Zwischenzeit zu regnen begonnen.

Zwei glückliche Möpse springen ins Auto. Endlich geht es los!

Zehn Minuten später stimmen Bedingung 1 (Wetter) und Bedingung 2 (Tageszeit) glücklicherweise noch. Wir machen einen wundervollen Ausflug, die Möpse rennen, wetzten, spielen und haben Spaß. Und Kasper hat einmal mehr seinen Willen durchgesetzt.

Ich wünsche mir,
dass Mika sich niemals die Mopsbremse abschaut und weiterhin so unbedarft überall mit mir hin geht und
dass Kasper niemals sprechen lernt - bei den endlosen Diskussionen würde ich wohl immer den Kürzeren ziehen!

Frauchen wünscht sich...

...echte Hunde?

Echte Hunde lieben es, spazieren zu gehen. Sie bringen ihrem Herrchen die Leine, lassen sie vor dessen Füßen fallen und fordern zum Gassigang auf. Vermutlich bringen einige auch noch Herrchens Schuhe und ziehen ihm diese an.
Echte Hunde folgen ihrem Herrchen während des ganzen Spaziergangs freudig und begeistert, hängen quasi an seinen Füßen.
Gerne schlagen sie mit ihm neue, unbekannte Wege ein!
Echte Hunde lieben es, mit Herrchen während des Spaziergangs zu spielen. Unermüdlich verfolgen sie Bälle und Frisbeescheiben, apportieren, rennen dafür durch hüfthohe Wiesen und Gestrüpp und haben mordsmäßig Spaß dabei. Ganz harte Kerle tauchen sogar im Bach nach Steinen und Stöckchen!

Sind Möpse denn keine echten Hunde?
Das gestrige Erlebnis lässt mich zweifeln...
Abends gegen 21 Uhr herrschen laue 18 Grad und es nieselt leicht.
Ganz gegen die Gewohnheit möchte Kasper nochmal raus. Er starrt mich beharrlich an und muss offensichtlich noch einmal dringend.
Also gut - aber wenn, dann alle!

Kaum klimpern die Leinen, versteckt sich Mika auf seinem Sessel, der unsichtbar machen kann.
Das ist allerdings sein gewöhnliches Programm, also gibt es kein Pardon. Ein paar Schritte werden ihm nicht schaden.
Los geht`s im Regen!
Kasper zieht wie ein Ochse vorwärts und hat offensichtlich ein lukratives Ziel im Blick.
Mika zieht ebenso - allerdings in die andere Richtung zurück, schließlich nieselt es!
Ich stehe zwischen den beiden - die Arme so weit wie möglich auseinander gestreckt - im Regen. Nach vorne zische ich "Mach laaaangsam!", nach hinten säusle ich "Komm, Butzi!". Hoffentlich schaut niemand aus dem Fenster und sieht uns!

Alles nutzt nichts. Mika bockt (mopst?), und ich muss ihn mir unter den Arm klemmen. Wie immer in dieser Situation wechselt Kasper an der Leine flugs die Seite, so dass ich eigentlich die Hand (mit Leine) wechseln müsste. Ist ganz schlecht mit 9,3 kg Mikamops auf dem Arm.
Also vollführe ich mit Mops auf dem Arm und Leine in der anderen Hand eine elegante Umdrehung um die eigene Achse, um die Leine wieder in die Spur zu bringen.
Hoffentlich schaut niemand aus dem Fenster! Die, die im Regen tanzt.....

Nach meinem dritten Schweißausbruch beschließe ich, dass wir am Wendepunkt angekommen sind und setzte den 9,3 kg - Mika auf die nasse Straße.
Genug getragen, jetzt wird gelaufen! Wir gehen heim!

Und nun gibt es wirklich die große Wende!

Auf dem Rückweg halte ich in der rechten Hand einen schwarzen Mika, der wie ein kleiner Bulle voran zieht. Die linke Hand hängt deutlich hinterher - Kasper hat wohl noch unerledigte Geschäfte und zieht die Mopsbremse.

Ich stehe wieder einmal mittendrin, mit immer länger werdenden Armen, und hoffe einmal mehr, dass niemand aus dem Fenster schaut...

So laufen wir den gleichen Weg zurück, ich allerdings diesmal mit einem beigen Mops auf dem Arm und einem schwarzen Turbo vorneweg.

Mittlerweile regnet es heftiger.

Es ist nicht schwer zu erraten, wer von uns dreien am Ende die nassesten Haare hat...

Wenn echte Hunde immer so sind, dann bin ich froh, dass ich "nur" Möpse habe!

Und beim nächsten Regenwetter kuscheln wir uns wieder zusammen auf die Couch - so wie immer!

Frauchen wünscht sich...

...Hunde, die sich geduldig abtrocknen lassen!

Februar.

Nun ist es wieder da, das schönste aller Wetter: das Tauwetter! Getoppt in seiner Wirksamkeit wird es nur noch vom Herbstregen-Matschwetter.

Nachdem der reine, weiße Schnee sehr rapide von Plustemperaturen und Dauerregen vernichtet wurde, macht das Spazierengehen im Feld nun wieder richtig Freude!

Bereits auf den ersten 100 Metern verwandelt sich der schwarze Mika in einen Brindle-Mops. Einen Kilometer weiter ist es dann soweit: Beide Möpse sehen gleich aus: dunkelbraun.

Doch das kann die Freude nicht trüben. Glücklich spielen die beiden Dreckmöpse "Hasch mich, ich bin der Frühling". So lange, bis eine Pfütze - eher ein See - den gesamten Weg auf etwa 10 Metern überflutet.

Kasper marschiert mutig drauf los. In seinen zweieinhalb Jahren Lebenserfahrung hat er bereits gelernt, dass er schwimmen kann und durchpflügt das Wasser. Ich taste mich unsicher vorwärts. Trotz wasserdichter Schuhe ist der See doch reichlich tief.

Mika stoppt! Aber da ein Junghund von einem halben Jahr nicht gut alleine und verlassen auf dem Feld bleiben kann, muss er uns folgen. Also rennt er irgendwann los - nicht durch`s Wasser, sondern weiträumig auf dem Acker drum herum.

Dort versinkt er fast bis zum Bauch im Matsch! Aber immerhin ist Kasper nach der Pfützen-Aktion sauberer als vorher.

Zu Hause versuche ich beide Dreckmöpse festzuhalten, bis ich Schuhe und Jacke ausgezogen habe. Erst dann kann ich sie in die Badewanne tragen. Doch irgendwie gelingt Kasper die vorzeitige Flucht und er springt dreckig, nass und glücklich auf die Couch. Dort wälzt er sich noch genüsslich auf der weißen Decke, bis ich ihn endlich packen kann - den kleinen schwarzen Teufel schon unter dem anderen Arm.

Ab ins Bad. Duschen ist wunderbar! Genüsslich streckt Kasper seinen Hintern unter den warmen Wasserstrahl, und sogar Mika hat sich daran gewöhnt und findet es nicht mehr gar so furchtbar. Doch das Vergnügen währt nur kurz. Es ginge auch nicht länger, denn ich bekomme einen steifen Hals.

Ein Mops nach dem anderen kommt zum Abtrocknen aus der Wanne. Hey - wozu ist das Handtuch da? Zum Fangen, Schütteln, Zerren, Beißen! Abtrocknen ist kaum möglich. Schon rennen beide los. Und nun beginnt das wahre Vergnügen: die irren 5 Minuten!

Mit fliegenden Ohren geht es Bad - Flur - Körbchen - Bett (meines, wohlgemerkt!) und wieder zurück. Der Teppich rutscht und nähert sich gefährlich nah der Treppe. Die Krallen drehen auf dem Parkett durch! Ein bisschen sieht es aus wie im Comic (dort würde man kreisende Beine zeichnen). Und noch einmal die Runde... Dazwischen sind meine Bettdecke und mein Kopfkissen gut genug, überflüssiges Wasser aus dem Fell zu schütteln und den Dreck, der beim Duschen nicht ganz raus ging, abzuschmieren. Wunderbar. Ich glaube, ich schlafe heute Nacht im Mopskörbchen.

Und für den Spaziergang morgen wünsche ich mir Hunde, die sich danach geduldig abtrocknen lassen!

Frauchen wünscht sich...

...Hunde, die ihre FCI-Einteilung in Gruppe 9 (Begleithunde) hin und wieder vergessen!

Warum haben wir Möpse?

Vor allem haben Möpse Charakter und Persönlichkeit. Sie sind genauso stur wie ich und haben fast die gleichen Bedürfnisse. Sie nötigen mich nicht, bei Wind und Wetter das Haus zu verlassen. Sie sind nicht sportlicher als ich. Wenigstens einer von beiden geht gerne mit mir shoppen, und beide lieben Lachs und Spargel.

Da liegt es nahe, dass ich selten ohne Mops anzutreffen bin. Ob auf den Hockeyplätzen Deutschlands, an den Atlantikstränden Frankreichs oder ganz schnöde in der Frankenthaler Innenstadt - es ist doch immer wieder erstaunlich, welchen Wiedererkennungswert man mit den Möpsen im Schlepptau hat! Die Hunde ziehen alle Blicke auf sich, und ich bin "Die Frau mit den Möpsen" - möge dabei jeder denken, was er mag.

Nun ist genau dies ja die Bestimmung dieser Hunde. Sie gehören zur Gruppe der Begleithunde.

Diese Aufgabe nehmen Kasper und Mika sehr ernst. Sie begleiten mich überall hin: in den Wäschekeller, kurz mal eben ins Dachgeschoss und wieder runter, raus an die Mülltonne und natürlich auf die Toilette. Dort sitzen sie, auch gerne mal länger, aufmerksam vor mir und schauen mich an mit dem "Kann-ich-was-für-dich-tun - Blick".

Wenn ich dusche, machen sie es sich auf dem Badvorleger bequem - außer morgens um 6, da kuscheln sie sich lieber in mein warmes Bett - und wenn ich in der Badewanne liege, tatzelt immer mal wieder eine schwarze oder beige Pfote über den Rand.
"Bist du bald fertig?"

Eigentlich ganz süß, sollte man denken.
Klarer Fall von Kontrollsucht, würde Martin Rütter diagnostizieren. Den Hunden fehlt Entspannung!
Ich bin hin und her gerissen. Es ist mitunter schon lästig, wenn man eben nur kurz oben die Wäsche holen will und eine Minute später mit einem vollen Wäschekorb und obendrauf zwei Möpsen 32 Stufen nach unten gehen muss - schließlich sollen die Gelenke geschont werden. Die der Möpse, nicht meine.
Schön wäre es auch, wenn die Begleithundefunktion auch auf andere Menschen unserer Familie übertragbar wäre. Dann würden Kasper und Mika hin und wieder auch spazieren gehen, wenn ich nicht dabei bin oder dabei sein kann. Das würde auch die Ausrede der Kinder ("Die wollen nicht!") entkräften.
Immerhin hat es zumindest Kasper schon gelernt:
Seinen Lieblingsliegeplatz, den Wohnzimmersessel, hat er strategisch bestens gewählt. Da reicht es, nur ein Auge zu lupfen, um mit dem "Ich-habe-alles-unter-Kontrolle - Blick" jede Situation in Wohnzimmer, Küche und Vorgarten zu scannen.
Ich wünsche mir, dass auch Mika gelassener wird und irgendwann einmal aus der Ferne beobachten kann, wie ich die Kühlschranktür öffne!

Frauchen wünscht sich ...

... Hunde, die sich für *einen* Schlafplatz pro Nacht entscheiden!

Unsere Hunde schlafen im Schlafzimmer - wo sonst. Das Luxuskörbchen steht direkt neben unserem Bett, so dass ich quasi auf Körperkontakt mit den Hunden läge, wenn sie in ihrem Körbchen schliefen.

Natürlich schlafen die meisten Möpse im Menschenbett - so auch unsere. Dabei ist der begehrteste Schlafplatz eindeutig die Kniekehle des schlafenden Menschen. Sie gewährt einen kuscheligen „Rundumschutz" und bietet MOPS die optimale Ablagefläche für sein sensibles Kinn. Meine Kniekehle ist rund um die Nacht besetzt, nicht selten doppelt: einmal unter der Decke, einmal genau darüber.

Mensch und Tier genießen das gleichermaßen. Okay, Tier vielleicht ein bisschen mehr. Allerdings dauerte es eine ganze Weile, bis ich die nächtliche Wendetechnik beherrschte, so dass ich mich mittlerweile recht souverän im Schlaf umdrehen kann:

Rechtes Bein unter der Decke hervor, von außen über die Decke drüber und auf der linken Seite wieder vorsichtig unter die Decke drunter.

Ganz ehrlich: Oft liege ich minutenlang wach und überlege, ob ich den Möpsen diese Strapazen zumuten soll.

Egal - daran habe ich mich gewöhnt. Hauptsache, die Hunde liegen gut.
Doch siehe da, hin und wieder verabschiedet sich doch tatsächlich eine dieser angeblich treuen Seelen. Entweder unter die Nachbardecke von Herrchen oder ins eigene Mopskörbchen!
Auch kein Problem. Genüsslich strecke und drehe ich mich fortan völlig ungehemmt.
Mitten aus dem Tiefschlaf jedoch werde ich wachgestarrt! Tatsächlich: Kasper sitzt auf meinem Kopfkissen, starrt mich an und bläst mir ins Gesicht!
Was er will? Frauchen ist gut erzogen: Ich lupfe die Decke und schwupps - liegt MOPS in meiner Kniekehle und schlummert.
Leider wird es ihm unter der Decke schnell zu warm und er geht...meistens in sein Körbchen.
Das merke ich jedoch erst, wenn ich kurze Zeit später erneut wachgestarrt werde und MOPS mir ins Gesicht bläst, darauf wartend, dass ich die Bettdecke lupfe...
Das ganze Ritual beginnt von vorne. In "guten" Nächten habe ich bis zu 18 Mal gezählt!

Ich wünsche mir...
Hunde, die sich für ***einen*** Schlafplatz pro Nacht entscheiden ***oder*** dezent und unbemerkt unter die Bettdecke kriechen!
Übrigens: Mit dieser Marotte stehen wir nicht alleine da. Kaspers Bruder pflegt das gleiche Ritual.

Frauchen wünscht sich...

...Hunde, die am Wochenende ausschlafen wollen!

Freitagabend – die beste Zeit der Woche!
Zwar kam man noch nicht zum Entspannen, aber alleine die Aussicht auf zwei freie Tage ist schon Entspannung genug. Nicht, dass wir Langschläfer wären und am Wochenende nichts zu tun hätten – oh nein! Aber immerhin klingelt zumeist der Wecker nicht um 6 Uhr.
Also gehen wir es an: Völlig gelassen wird der Freitagabend ausgedehnt....lecker essen, fernsehen oder spielen bis in die Puppen....ist ja Wochenende! Alleine der Gedanke ans Ausschlafen lässt uns munter werden. Spätestens um 23 Uhr werfen uns die Möpse vorwurfsvolle Blicke zu und räkeln sich auf der Couch. Wir wollen endlich ins Bett! Wenn alle Stricke reißen, gehen sie auch schon vor....

Am Samstagmorgen ist es dann aus mit der Entspannung.
Um 4 Uhr beginnen die Amseln zu singen, und eine Stunde später singt Mika mit. Es beginnt mit sanftem Schlecken und Tatzeln, zumeist mit Kasper. Dieser ist jedoch noch genauso müde wie wir und will seine Ruhe. Völlig entnervt bläst er mir in Gesicht und verschwindet schnell unter der gelupften Decke. Endlich Ruhe!

Von wegen! Mika begibt sich sogleich auf die Pirsch, schnuffelt lautstark herum und tapst völlig ungeniert über sämtliche Menschen- und Tierkörper im Bett. So eine Mopspfote kann ganz ordentlich auf die Brust oder ins Gesicht treten - und er hat derer vier!
Sollte die Suche nach Kasper erfolglos sein – was sie meist ist, weil sich dieser reglos versteckt hält - folgt Schritt 2: Mit Hingabe scharrt Mika auf der Bettdecke! Irgendwann wird er sich doch wohl durchgebuddelt haben?
Schließlich werde ich zum Verräter und lupfe die Bettdecke ein zweites Mal. Schnell fällt Mika über sein Opfer her und es wird „geknuschelt", was das Zeug her gibt.
Nun rollen zwei kämpfende, spielende, lautstarke Möpse durch unser Bett. Der eine putzmunter, der andere noch müde.

An guten Tagen gelingt es Mika, Kasper zum Höhepunkt zu treiben: eine kleine Jagd durch sämtliche Betten und Gesichter!
Und an sehr guten Tagen muss Mika mit Herrchen im Wohnzimmer vorlieb nehmen, während sich Frauchen und Kasper noch ein Stündchen Schlaf gönnen.
Aber ich gebe die Hoffnung nicht auf und wünsche mir für die Zunkunft, dass auch unser schwarzer Teufel am Wochenende einmal ausschlafen will!

Frauchen wünscht sich...

...keine Gewohnheitstiere!

In Fachzeitschriften und Rasseportraits ist immer wieder zu lesen, dass "DER MOPS" schwererziehbar ist. Offensichtlich braucht diese Rasse wesentlich länger als alle anderen, um zur Stubenreinheit zu gelangen. Das ist nicht verwunderlich, denn wenn man die Regentage des gesamten Jahres zusammenzählt, erhält man die Anzahl der Tage, an denen ein MOPS nicht pinkeln ***kann.***

Zudem sind viele Exemplare der Rasse Mops offensichtlich schwerhörig. Hin und wieder überfällt sie eine plötzliche Taubheit, die es unmöglich macht, den Kommandos ihrer Besitzer zu folgen. Aus Erfahrung kann ich sagen, dass diese sich schlagartig legt, wenn sich die Kühlschranktür öffnet, das Wort "Käse" fällt oder ein Joghurtbecher ausgekratzt wird.

Nun, unsere Hunde entsprechen diesen Klischees dennoch nicht. Im Gegenteil!

Mika, der Zweitgeborene, orientierte sich von Anfang an sehr stark an seinem großen Bruder Kasper. Quasi vom ersten Tag an erledigte er seine wichtigen Geschäfte nur außerhalb des Hauses. Außerdem hört er sehr gut - und nicht nur das, was er hören will. Allerdings scheint er mit einer inneren Uhr geboren worden zu sein:

Schlag 16.30 Uhr fordert er massiv das Abendessen. Neben dem leeren Napf sitzend, stiert er mich unverwandt an. Gegen 17 Uhr folgen gezielte Kopfstöße in meine Kniekehlen. Pöbelei pur.

Sollte ich mir erlauben, erst gegen diese Uhrzeit nach Hause zu kommen, werde ich nur flüchtig begrüßt. Schließlich hat MOPS Wichtigeres zu tun und muss die Futternäpfe hypnotisieren.

Kaspers Interessen dagegen liegen in einer ganz anderen Richtung - er zählt eher zum bequemen Typ. Und so ist folgende Begebenheit typisch:
Eine unserer üblichen Gassirunden beginnt auf einem Parkplatz. Von dort aus kann man herrlich spazieren gehen, in einem Naturschutzgebiet entlang eines Baches. Selbstverständlich laufen die Möpse, sobald der Weg abseits der Straße beginnt, leinenlos. Das Ende des Rundweges führt wieder ein kurzes Stück an der Straße entlang bis zum Parkplatz.
Es begab sich, dass ein großer Teil der Straße wegen Bauarbeiten gesperrt werden musste. Folglich parkten wir fortan etwa 500 Meter hinter der üblichen Stelle. Nur hatten wir leider die Rechnung ohne Kasper gemacht!
Auf dem Rückweg blieb er konsequent beim üblichen Parkplatz stehen, fest davon überzeugt, dass hier das Ende des Spaziergangs sei. Leider stand unser Auto jedoch 500 Meter weiter...
Weder durch gutes Zureden noch durch leicht hektisches Schimpfen ließ sich Kasper zum Weitergehen überreden. Mopshirn sagt: Auto steht hier. Mopsbremse! Kurz und gut, der MOPS machte den ***Bock*** und musste tatsächlich getragen werden! Glücklicherweise ist uns, was unsere Möpse betrifft, mittlerweile nichts mehr peinlich.

Allerdings begab sich die gleiche Situation ein anderes Mal. Mit dem Unterschied, dass diesmal kein einziges Auto auf dem von Kasper favorisierten Parkplatz parkte.

Offensichtlich ließ eine Fata Morgana die Möpse zielsicher zum leeren Parkplatz streben. Vielleicht spiegelte diese einen Porsche mit gepolsterter MOPS-Lounge inclusive Häppchen? Hier kann ich nur auf das Kapitel "Intelligenz der Möpse" verweisen.

Jedenfalls waren die beiden nur widerwillig zur Bewältigung der letzten 500 Meter zu motivieren. Wobei ich mir nicht sicher bin, ob es mir nicht doch (noch) peinlich wäre, mit ***zwei*** sich tragen lassenden Möpsen gesehen zu werden...

Nun werde ich mich, wie jeden Tag, anstrengen, das Mops-Dinner pünktlich in die Näpfe zu bringen. Und dabei bin ich mir sehr wohl bewusst, dass mein Wunsch "Frauchen wünscht sich....keine Gewohnheitstiere!" niemals in Erfüllung gehen wird.

Frauchen wundert sich...

Der Tag, an dem alles anders war!

Seit heute weiß ich: Möpse sind keine Gewohnheitstiere.
Sie fordern keine festgelegten Fütterungszeiten und bevorzugen keine bestimmten Leckerbissen.
Sie gestalten ihren Tagesablauf absolut flexibel und passen ihre Charaktereigenschaften selbstverständlich den gegebenen äußeren Bedingungen an.
Unter Möpsen ist die soziale Rangordnung keinesfalls festgelegt - jeder sollte die Möglichkeit bekommen, einmal die Chefrolle zu übernehmen, was ihm vom jeweils anderen großzügig gewährt wird.
Und so begann es: Samstagmorgen. Nach Tagen brütender Hitze gab es in der Nacht Unwetter. Sturm, Platzregen, vollgelaufene Keller. Und morgens war alles anders...

Pünktlich um 6.30 Uhr weckt mich Mika wie gewohnt fröhlich mit einem gezielten Sprung auf meinen Bauch, bleibt auf meiner Brust stehen und niest mir ins Gesicht. Doch auch die Schlafmütze Kasper steht erwartungsvoll auf meinem Kopfkissen und beginnt sogleich, mich liebevoll abzuschlecken.
Sofort bekomme ich ein schlechtes Gewissen: Die Armen hatten in den letzten Tagen wirklich zu wenig Bewegung - bei dieser Hitze! Also raus aus dem Bett.
Allerdings zieht es weder Mika in den Garten noch Kasper auf die Couch (wie sonst üblich), sondern auf direktem Weg in die Küche!

Schnell serviere ich das Frühstück. Dass Mika Hunger hat, ist klar. Frühstücksmuffel Kasper jedoch muss sonst zu dieser Uhrzeit zum Napf getrieben werden.
Heute frisst er allerdings in Rekordgeschwindigkeit, obwohl ich, da das Gemüse etwas knapp war, noch etwas ungeliebte Kartoffel dazu geschnippelt habe. Ehe ich mich versehe, ist Kaspers Napf blitzeblank und er schafft es sogar, Mika das letzte Kartöffelchen aus dessen Napf zu stibitzen!
Verkehrte Welt!
Draußen scheint es derweil nicht hell werden zu wollen. Es regnet leicht. Eigentlich ein typischer Gammel - Samstag, den man am besten im Schlafanzug mit den Möpsen auf der Couch verbringt. Allerdings nicht heute!
Heute haben die Herren Regen spontan zu ihrem Lieblingswetter auserkoren und sind darauf versessen, laufen zu gehen. Also los!
In unserem bevorzugten Auslaufgebiet plätschert unter normalen Umständen ein knöcheltiefes Bächlein entlang des Weges, in dessen glasklarem Wasser die Möpschen sich bei extremer Hitze gerne abkühlen.
Heute fließt dort ein reißender, schlammiger Bach. Das Überlaufbecken ist randvoll, man kann gerade noch außen herum gehen.
Kaum aus dem Auto, stürzt sich Mika ins Wasser!
Der vorsichtige, ängstliche Hasenfuß steht bis zum Bauch im flüssigen Dreck. Übermütig springt er immer wieder raus und rein, spritzt und hat Spaß. Ich glaube es nicht. Wohlgemerkt: Es hat 12 Grad.
Im letzten Moment kann ich ihn davon abhalten, in den Bach zu hüpfen. Ich sehe mich schon bis zum Bauch im Wasser waten, um den abtreibenden Mika aus den Fluten zu retten.

Und nun muss wohl das tolle Regenwetter genossen werden: Kasper und Mika rennen und toben wie besessen, spielen Fangen und schütteln offensichtlich die Hundstage dabei ab. Plötzlich schießt eine schwarze Kanonenkugel an mir vorbei! Sie heißt Mika. Die Kugel überschlägt sich zwei Mal spektakulär im nassen Gras, rappelt sich hoch und flitzt weiter. Die Purzelbäume sind perfekt. Damit gewinnt der Bengel jede Mops-Olympiade.

Wieder zu Hause, lassen sich beide Hunde willig und geduldig abtrocknen!
Sie wälzen sich nicht pudelnass auf dem Parkett und schmieren keine Matschreste auf der Couch ab.
Sie versuchen nicht, sich durch die weiße Kuscheldecke zu buddeln.
Sie springen nicht auf die Lederbank am Esstisch, um die feuchten Gesichter darauf trocken zu reiben.
Sie veranstalten kein Wettrennen durch sämtliche Betten.

Nein, das ist kein Wunder und auch nicht erfunden.
Es war einfach der Tag, an dem (fast) alles anders war: der 27. August 2011.

Frauchen wünscht sich...

... dass Mika einmal einen Goldbarren findet!

Mika ist und bleibt unser Baby. Lebhaft, schlaksig und verspielt wie ein Kätzchen. Und wie jeder anständige Junge sammelt er. Alles, was man so im Leben braucht, also ***alles***!
Gerade eben kommt er aus dem Garten und präsentiert mir stolz den Knochenrest, der seit Tagen im Regen liegt und nun wohl das optimale Aroma erreicht hat.
Nun sitzt er hier, Knochen in der Schnüss, das "Posthorn" wackelt langsam hin und her, und die Augen fallen ihm im Sitzen zu vor Müdigkeit.
Zum Küssen!

Wahre Erlebniswelten tun sich beim Aufräumen auf, denn selbst ich wasche hin und wieder sämtliche Hundedecken.
Als wahre Fundgrube erweist sich dabei das kleine Körbchen im Wohnzimmer. Zum Schlafen wird es nicht benutzt, eher zum Horten sämtlichen Spielzeugs. Doch erst als ich in tiefere Gefilde vordringe, entdecke ich die Schätze:

Unter der Decke finde ich einen Stein, ein Stöckchen, zwei ausgelutschte Ochsenziemer, eine Muschel, einen Sektkorken und eine benutzte Unterhose von mir.
Aus der Ritze meines Lesesessels befreie ich noch zwei Scampi, die nicht sofort gefressen wurden, sondern wohl erst noch ihr volles Aroma entfalten müssen.

Mika beobachtet mich vorwurfsvoll, als ich alles entsorge. Tja, aus Schaden wird man klug - die nächsten Scampi hat er sofort gefressen.
Auch beim Spaziergang findet sich allerhand:
Blitzschnell packt Mika seine Beute und rennt davon. Dabei haben seine Augen stets den "irren Blick"!
Ein Kartöffelchen vom Acker, ein verrotztes Taschentuch vom Wegesrand oder eine leere Caprisonne - zupacken und ab die Post, den Schatz retten!
Querfeldein rennt Mika mit seiner Beute, taub für meine Rufe. Wenn ich mich nähere, springt er weiter weg, immer das Weiße in den Augen.
Hasch mich, ich bin der Frühling!

Letztendlich kann ich nur warten - und das fällt nicht immer leicht.
Ich wünsche mir dennoch, dass Mika sich seine Sammelleidenschaft bewahrt und eines Tages einen Goldbarren in sein Körbchen schleppt!

Frauchen wünscht sich...

...Hunde mit Essmanieren!

Jeden Abend gibt es bei uns ein Fest: Abendessen!

Frauchen bereitet liebevoll alles zu: Möhrchen und Kohlrabi werden sachte gedünstet, um später mit verschiedenen Blattsalaten und weiteren Zutaten liebevoll püriert zu werden. Doch während der Zubereitung tut es bereits den ersten Schlag: Mika springt mir voll in die Kniekehle.

Ich halte mich mühsam aufrecht. Alles gut, Futter kommt gleich!

Nun werden noch Ingwer und frische Wildkräuter unterpüriert. Der zweite Kniestoß! Wieder sacke ich reflexartig zusammen.

Laut Martin Rütter ist dieses Verhalten pure Pöbelei.

Also weise ich meinen Wünsch-dir-was-Alpha-Mops in die Schranken und lasse ihn absitzen. Kasper ist derweil schlauer: Er liegt auf seinem Sessel und hat alles unter Kontrolle. Ich kann in Ruhe und ohne weiter Belästigungen das Abendessen (wohlgemerkt: das Abendessen für die Hunde!) vorbereiten: diverses gemischtes Gemüse und frisches rohes Fleisch.

Nun ist es soweit. Beide Hunde stürzen sich auf den Napf und legen los.

Mika frisst hektisch, wendet sich in Sekundenbruchteilen Kaspers Napf zu und versucht zu holen, was zu holen ist! Kasper ist entweder dumm oder geduldig - jedenfalls geht er zwei Schritte zurück und überlässt der Jugend das Feld.

Die jedoch hat die Rechnung ohne mich gemacht. Ich stehe so lange daneben, bis alles Futter rechtmäßig verschlungen ist.
Beim Frühstück folgt der nächste Fauxpas. Allerdings ist der, das muss ich zugeben, hausgemacht. Beide Hunde sitzen als erste am gedeckten Frühstückstisch auf der Lederbank. Diese war ursprünglich tabu, aber das Verbot hob sich auf, als Mika kam. Mit der Nase auf Tischhöhe wird das obligatorische Stückchen Käse eingefordert.
Ich mache das gerne (und wirklich nur ein kleines Stückchen!), allerdings werden Tendenzen sichtbar, dass bestimmte Käsesorten bevorzugt werden. Weichkäse ist der Renner! Je schlotziger, desto besser. Leider ist das auch mein bevorzugter Käse, und so ringe ich jeden Morgen mit mir, ob heute die Möpse oder ich das leckerste Stück bekommen - frisch von der Anschnittstelle weich verlaufen...

Nachmittags ist die Bandbreite an Leckerheiten groß:
Manchmal gibt es nur ein Knäckebrot. Kaum sind beide Hunde mit ihrem Schatz verschwunden, wird Kasper zum Tier. Sonst die Geduld in Mops, kennt er beim Knäckebrot kein Pardon! Mit rollenden Augen und dem "irren Blick" setzt er mit dem Mäuselsprung auf Mika an und entreißt ihm seine Scheibe. Pech gehabt!
Hin und wieder kommen unsere Hunde in den Genuss von frischen Hasenohren, Markknochen oder Rinderkehlköpfen. Das ist das höchste Glück!
Die ersten 15 Minuten werden mit glückseligem Wimmern und der Suche nach einem geeignetem Versteck für den Schatz verbracht. Weder Kasper noch Mika finden Ruhe - Stress pur! Irgendwann geht man sich aus dem Weg. Kaspers Lieblingsversteck zum ungestörten Verzehr seines Schmankerls ist mein Bett. Und da immer ein Rest bleibt, findet der sich manchmal ganz überraschend...

Zu guter Letzt ein kleines Resumee bezüglich Kaustangen und Essmanieren:

Getrocknete Kaustangen - es gibt auch solche, die schmecken - werden irgendwann weich. In diesem Moment werden sie verschlungen. Da sie jedoch sehr lang sind, treten sie häufig den Rückweg an und landen, in Begleitung von vorverdautem Speisebrei, in Sofaritzen oder alternativ zwischen Körbchen und Wand in der Fußbodenleiste.

Die Erfahrung lehrt: Am besten säubert der Mops selbst seine Mopserei, denn er schleckt sauberer, als ich wischen kann.

Frauchen wünscht sich...

...keinen Erziehungsstress!

Ein Hund muss erzogen werden. Zwei Hunde noch mehr. Da gibt es keinen Unterschied zu Menschenkindern.
Selbstverständlich ist es notwendig, dass bestimmt Grundkommandos von beiden erfüllt werden: Kinder sollten bei Tisch mit Messer und Gabel umgehen können, Nachbarn auf der Straße freundlich grüßen und sich abends unaufgefordert die Zähne putzen.
Hunde sollten nicht die zur Überwinterung geparkte Tischtennisplatte markieren, keine kleinen Kinder oder anderweitig gebrechliche Menschen anfallen und keine Lachsbrötchen vom Tisch oder Schokonikoläuse aus den Kinderzimmern stehlen.

Meistens halten sowohl unsere Kinder als auch unsere Hunde diese Vereinbarungen ein. Dennoch gibt es hin und wieder Handlungsbedarf...

... da ertappe ich zum Beispiel Kasper, wie er bei meiner Heimkehr seelenruhig und völlig entspannt mitten auf dem Esstisch liegt. Logisch - von dort aus hat er den besten Blick nach draußen. Leider sieht er mich deshalb auch schon, während ich durch die Gartentür komme. Ganz unschuldig und gelassen kann er mich nun an der Haustür begrüßen, denn: Wer kann denn jemals beweisen, dass er, wirklich ***er***, auf dem Esstisch lag? Ich bin sicher: Könnte Kasper sprechen, würde er Mika beschuldigen, denn die Tischplatte war ja noch warm...

Eine ganz große Nummer ist natürlich auch die Sache mit dem Futterklau!
Dass der gemeine MOPS unwahrscheinlich verfressen ist, ist allgemein bekannt. Aber dass der gemeine MOPS auch in der Lage ist, einen gezielten Pralinen - Überfall zu planen, ist neu!
So trug es sich zu, dass ich ein Päckchen Mopspralinen kaufte. Keine Pralinen ***für*** den Mops, sondern Pralinen in ***Mopsform***, Spezialität einer Konfisserie in Winnenden: Winnender Möpsle.
Beim abendlichen Beisammensein wurde die Packung geöffnet, der Inhalt bestaunt und zum sofortigen Verzehr für zu schade befunden. Also: Packung wieder zu, inclusive Zellophanpapier. Dies sollte der letzte Blick auf die Pralinen gewesen sein...

Am nächsten Morgen fand ich ein Massaker im Wohnzimmer vor: Karton, Papier und Zellophan lagen zerfetzt auf dem Fußboden. Die Pralinen hatten sich offensichtlich in die Freiheit retten können, jedenfalls gab es von ihnen keine Spur. Nach langen Recherchen war klar: Kasper war vor und nach der Tatzeit permanent bei uns, wurde also quasi dauerüberwacht. Er musste sich, mitten in der Nacht, 32 Stufen nach unten geschlichen und in aller Seelenruhe der Verführung hingegeben haben. Mit Berechnung! Der Kerl hat gewartet, bis alle schliefen und hat sich dann tatsächlich noch einmal aufgerafft! Die Tat war ohne Zweifel geplant!
Dank Kaspers "Kuhmagen" verlief die Pralinen-Begegnung folgenlos. Leider, möchte man ihm fast wünschen. Zum Glück, wenn man weiß, was Schokolade anrichten kann.

Studien haben es belegt: Menschen erziehen ihre Hunde so wie ihre Kinder (und umgekehrt). Das bedeutet: Läuft es in einem Bereich falsch, hast du gelitten.

Manchmal denke ich, das Fass ist schon zu. Oder haben wir noch eine Chance? Da die Kinder die Prägungsphase schon eindeutig überschritten haben, konzentriere ich mich auf die Hunde. Hundefachbücher gehören mittlerweile zu meiner ersten Wahl im Buchfachhandel und füllen mehrere laufende Meter im heimischen Regal. Die Erziehungs- und Beschäftigungstheorien gehen vom Clickertraining über Mantrailing, Agilily und Obidience. Die Welpenspielstunde für die ganz Kleinen wird dringend empfohlen, ein anschließender Lehrgang für Junghunde ist selbstverständlich.

Ich muss mich outen: Für die Welpenspielstunde waren wir zu spät. Als ich Kasper anmeldete, war er bereits 10 Monate alt, und offensichtlich passte er altersmäßig in keine der bestehenden Gruppen. Nach einer Probestunde hat er sämtliche Belohnungs - Käse - Leckerlis unter vorwurfsvollen Blicken auf den heiligen Rasen der Hundeschule erbrochen. Damit hatte sich das Thema erledigt.

Glücklicherweise wurde Kasper bisher in keiner Gassirunde und bei keiner Zufallsbekanntschaft nach seinem Alter gefragt. Und er benötigt auch keine Käse - Leckerlis mehr. Er kommt immer prima mit allen Hunden aus. Wie das wohl wäre, wenn sie sein wahres Alter wüssten?

An Regentagen, also Kein - Mopswetter - Tagen, überlege ich oft, wie ich Kasper und Mika "indoor" beschäftigen kann, um sie ausreichend auszulasten. Schließlich verstecke ich Fleischstückchen unter dem Kuhfell im Wohnzimmer und gebe sie zur Suche frei. Das macht den beiden Spaß. Aber ich schwöre, sie schauen mich dann immer an und sprechen lautlos zu mir: "Wozu dieser Aufwand? Das könnten wir einfacher haben!"

Zunehmend überkommt mich die Ahnung, dass meine Hunde auch ohne Clicker, Agility und Kuhfell - Suchsel glücklich sind. Ich atme auf!

Wir werden weiterhin unsere "Schweigespaziergänge" ohne Gehorsamsübungen absolvieren. Und wenn es darauf ankommt, beherrschen beide "Hier", "Sitz" und "Bleib". Die beiden werden weiterhin ihr Stückchen "Morgenkäse" am Frühstückstisch einfordern (dürfen). Und dabei werden sie weiterhin geduldet auf der Ledercouch sitzen.
Beide werden sich weiterhin im Bett und auf dem Sofa so ausbreiten, dass ich mich strecken muss, um in die Gänge zu kommen. Und wenn ich krank bin, werden sie sich noch enger an mich kuscheln.

Beide werden weiterhin mitdenken und genau das machen, was sie für richtig halten.
Was kann man sich von Kindern und Möpsen mehr wünschen?
Ich wünsche mir...
...ein bisschen weniger Erziehungsstress für Mops, Kind und Mensch!

Intelligenz der Möpse

Alle Eltern beschäftigen sich früher (bei der musikalischen Früherziehung, beim Babyschwimmen, im PEKIP-Kurs...), später (zur Einschulung) oder ganz spät (Richtung Abitur) mit der Frage:

Wie intelligent ist unser Kind eigentlich?

Für unsere Kinder konnten wir diese Frage im Laufe der letzten 18 Jahre noch nicht abschließend beantworten.

Doch jetzt, mit der relativ neuen Herausforderung als Mops-Eltern, stellt sich die Frage erneut:

Wie intelligent sind unsere Möpse eigentlich?

Ähnlich wie bei den Kindern, gibt es auch hier Höhen und Tiefen.

Ganz offensichtlich ist Intelligenz keine Qualität, die beständig vorhanden ist, die stetig mit der körperlichen Entwicklung Schritt hält und auf die man (und MOPS) in jeder Lebenslage zurückgreifen kann.

Beginnen wir mit einer Alltagssituation: Es kommt Besuch.

Unser Besuch hat mittlerweile gelernt, dass es fatale Auswirkungen hat, wenn der Klingelknopf betätigt wird: Beide Hunde brechen in wahre Hysterie aus, rennen kläffend und keifend zur Tür, auch, wenn sie zuvor im komatösen Tiefschlaf lagen, quetschen sich durch einen Türspalt, der für die Mopstaillen eigentlich viel zu schmal ist und stürzen sich wie Höllenhunde auf jeden, der das Grundstück betritt.

Dabei spielt es keine Rolle, ob dieser Mensch ein enger Verwandter ist, ein freundlicher Mitarbeiter der GEZ oder der Mann mit Pony, der Spenden für den in der Stadt gastierenden Wanderzirkus sammelt.

Veränderte Situation: Es kommt Besuch, der, sollten es enge Vertraute sein, nicht klingelt. Das gleiche Spiel.

Und jetzt stellt sich die Frage der Intelligenz!

Martin Rütter empfiehlt, das Klingelsymbol auszutauschen, also quasi von "brrrrr!" auf "ding-dong!"

Aber: Zumindest bei unseren Möpsen ändert das nichts. Selbst bei völlig fremden Türglocken im Fernseher oder im Radio wird das übliche Ritual praktiziert.

Sind unsere Möpse nun intelligent, weil sie eine Türklingel in sämtlichen Variationen als solche erkennen (das Telefonläuten lässt sie kalt), oder sind sie unterbelichtet, weil sie weder zwischen Fernsehen und Realität noch zwischen engsten Verwandten und Hausierern unterscheiden können?

Das Fernsehen wirft diese Frage erneut auf:

Unsere Möpse springen, sobald sich ein Mensch auf das Sofa begibt, direkt hinterher. Sollte der Mensch nicht augenblicklich seine Beine anwinkeln, so dass MOPS sich in die Kniekehle kuscheln kann, bleibt MOPS stehen, schaut vorwurfsvoll und stakst auf dem Sofa und den ausgestreckten menschlichen Beinen verlegen auf und ab. Zumindest mich haben die beiden schon so gut dressiert, dass ich sofort die gewünschte Kuschelkuhle bilde, obwohl ich noch mit den nächtlichen Krämpfen kämpfe, weil MOPS meine bequeme Schlafposition erfolgreich verhindert hat.

Ist hier nun MOPS oder Mensch intelligenter?

Aber zurück zum Fernsehen:

Mensch auf dem Sofa, MOPS in der Kniekehle, wird gemeinsam geglotzt. Leider bevorzugt Frauchen Tiersendungen, und so lässt es sich nicht immer vermeiden, dass hin und wieder Hundegebell aus der Konserve zu hören ist.

Da kommen unsere Möpse in Fahrt!

Es wird nicht nur zurück gebellt und am Bildschirm gekratzt - nein!

Mika hat Kasper (der in den 2 Jahren vor Mika den Fluch des TV noch nicht erkannt hat) erfolgreich beigebracht, dass der hündische Konkurrent besiegt werden muss! Nur kurz beschäftigen sich beide mit dem Bildschirm. Dann rennen sie direkt dahinter und suchen den Feind im Flur. Der Bildschirm muss doch ein Fenster sein!? Das Fenster zum Hund, sozusagen.

Ist es nun dumm von den Hunden, dass sie nicht einordnen können, ob das Gebell real ist oder aus der "Konserve" kommt, oder ist es intelligent, dass sie sofort den Blick "hinter die Kulisse" werfen?

Aber es kommt noch dicker: Mika bellt auch, wenn nur ein schweigender Hund auf dem Bildschirm zu ***sehen*** ist!

Beim Farbsehen mögen Hunde eingeschränkt sein, beim Formen erkennen sind sie es sicher nicht!

Den Vergleich mit den vermeintlich intelligentesten Hunden, den Border-Collies, müssen unsere Möpse nicht scheuen:

Während der gemeine und hochintelligente Border-Collie jede Silvesterrakete als Anschlag auf Leib und Leben interpretiert und sich zitternd unter das nächste Sofa ver-

zieht, liegt MOPS entspannt und völlig relaxed auf dem Sofa und hebt das Hinterbeinchen, um sich auch an den schönsten Stellen kraulen zu lassen. Hat es draußen geknallt???
Manchmal ist es doch intelligenter, ein bisschen einfältig zu sein...

Seit einigen Tagen scheint die Intelligenz jedoch zu bröckeln:
Wurde der Staubsauger bisher ohne jedes Wimpern- und Ohrenzucken ignoriert, selbst rund um den schlafenden MOPS herum, so wird er seit Kurzem angefallen und in den hysterischsten Tönen verbellt!
Ist dies wirklich ein Zeichen nachlassender Intelligenz?
Wahrscheinlich machen sich die beiden nur philosophische Gedanken über ein Leben hinter dem Schlauch.....

Mika - Black Label

Natürlich ist Mika ein Mops. Allerdings ist er ein sehr spezieller Mops, denn er ist - ***schwarz***. Es gibt keine Zweifel, dass es sich zwischen blonden und schwarzen Möpsen so verhält wie zwischen Engelchen und Teufelchen. Dies ist kein Klischee. Wir können es beweisen.

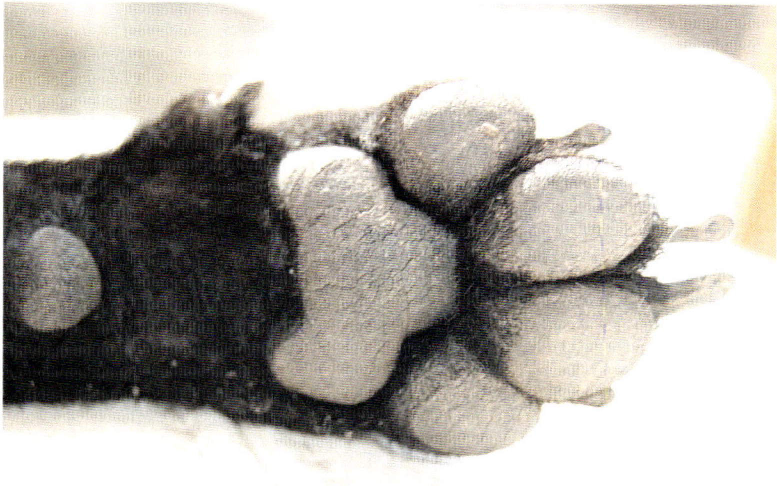

SCHWARZE MÖPSE HABEN EIN KATZEN-GEN IN SICH.

Sie räkeln sich mit Vorliebe auf dem Rücken, strecken alle Viere von sich und erreichen dabei eine Gesamtlänge von 1,5 Metern. In völlig entspannter Rückenlage schmiegen sie sich auf den Schoß ihres Lieblingsmenschen und schnurren dabei leise und wohlig.

SCHWARZE MÖPSE HABEN ZWEI SEELEN IN IHRER BRUST.

Während sich eine Seele der absoluten Entspannung hingibt, spritzt die zweite Seele Adrenalin in die Blutbahn und veranlasst die Hunde, in Höchstgeschwindigkeit kläffend zur Tür zu rennen. Auslöser für dieses "Von-Null-auf-Hundert-Phänomen" kann der Briefträger sein oder ein kleines Vögelchen auf der Terrasse. Dies führt direkt zum nächsten Merkmal:

SCHWARZE MÖPSE HASSEN BRIEFTRÄGER UND TAUBEN.

SCHWARZE MÖPSE WÄLZEN SICH GERN.

Vor allem in Rehscheiße und im Bett. In dieser Reihenfolge.

SCHWARZE MÖPSE SIND UNGLAUBLICH VERFRESSEN.

Sie legen elegant vier Meter auf den Hinterbeinen zurück, wenn das Objekt der Begierde, der gefüllte Futternapf, durch die Küche getragen wird.

SCHWARZE MÖPSE SIND GRÖSSENWAHNSINNIG.

Gnadenlos verbellen sie sowohl frei laufende als auch angeleinte Hunde, die ihnen unsympathisch sind. Dabei schrecken sie nicht davor zurück, ihnen kräftig in die Lefzen zu beißen, so sie diese erreichen, denn häufig entsprechen dem Feindbild Ridgebacks, Rottweiler und Vizslars.

SCHWARZE MÖPSE KÖNNEN SICH UNSICHTBAR MACHEN.

Dies funktioniert zumindest auf schwarzen Ledersofas, vorzugsweise, wenn es draußen regnet. Gegenüber Ridgebacks, Rottweilern und Vizslars konnte bisher noch kein schwarzer Mops diese Fähigkeit unter Beweis stellen.

SCHWARZE MÖPSE HABEN BERNSTEINFARBENE AUGEN, DIE HYPNOTISIEREN KÖNNEN.

Solide Kühlschranktüren und charakterstarke Menschen können diesen Augen meist widerstehen. Allerdings:

SCHWARZE MÖPSE KÖNNEN MENSCHEN MIT IHREM BLICK UM DEN FINGER WICKELN.

Da hilft auch nicht die solideste Kühlschranktür.

SCHWARZE MÖPSE SIND SAMMLER.

Sowohl in Haus und Garten als auch in Feld, Wald und Flur finden sie alles, was nützlich sein könnte. Kreativ horten schwarze Möpse Schneckenhäuser, Flaschenkorken, alte Socken und undefinierbar stinkende Teile im Menschenbett.

SCHWARZE MÖPSE SCHLAFEN IM MENSCHENBETT.

Das ist kein Geheimnis, sondern eine Selbstverständlichkeit. Aber:

SCHWARZE MÖPSE MUTIEREN NACHTS ZU WE(H)R-MÖPSEN.

Auch durch vehemente Fußstöße ihres Menschen lassen sie sich nicht zwischen dessen Beinen vertreiben und verhindern so wirkungsvoll eine Lageveränderung ihrer bequemen Schlafunterlage.

SCHWARZE MÖPSE KÖNNEN SPRECHEN.

Die Palette ihrer Lautäußerungen und die Anzahl deren verschiedener Töne ist vergleichbar mit dem Wortschatz eines wohlsituierten Menschen der gehobenen Mittelschicht. Sie wird auch ebenso sinnvoll eingesetzt.

SCHWARZE MÖPSE SIND WAHRE SCHMUCKSTÜCKE.

Ein bisschen crazy, ein bisschen wild. Immer ein bisschen aufgedreht, aber zur maximalen Entspannung fähig. Sie können "Ich liebe dich" sagen. Sie polarisieren. Und das ist gut so.
Schwarz oder Weiß. Wer will schon grau durch`s Leben gehen?!

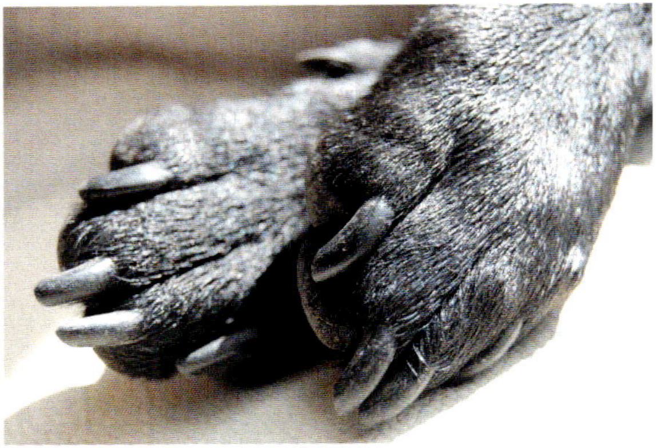

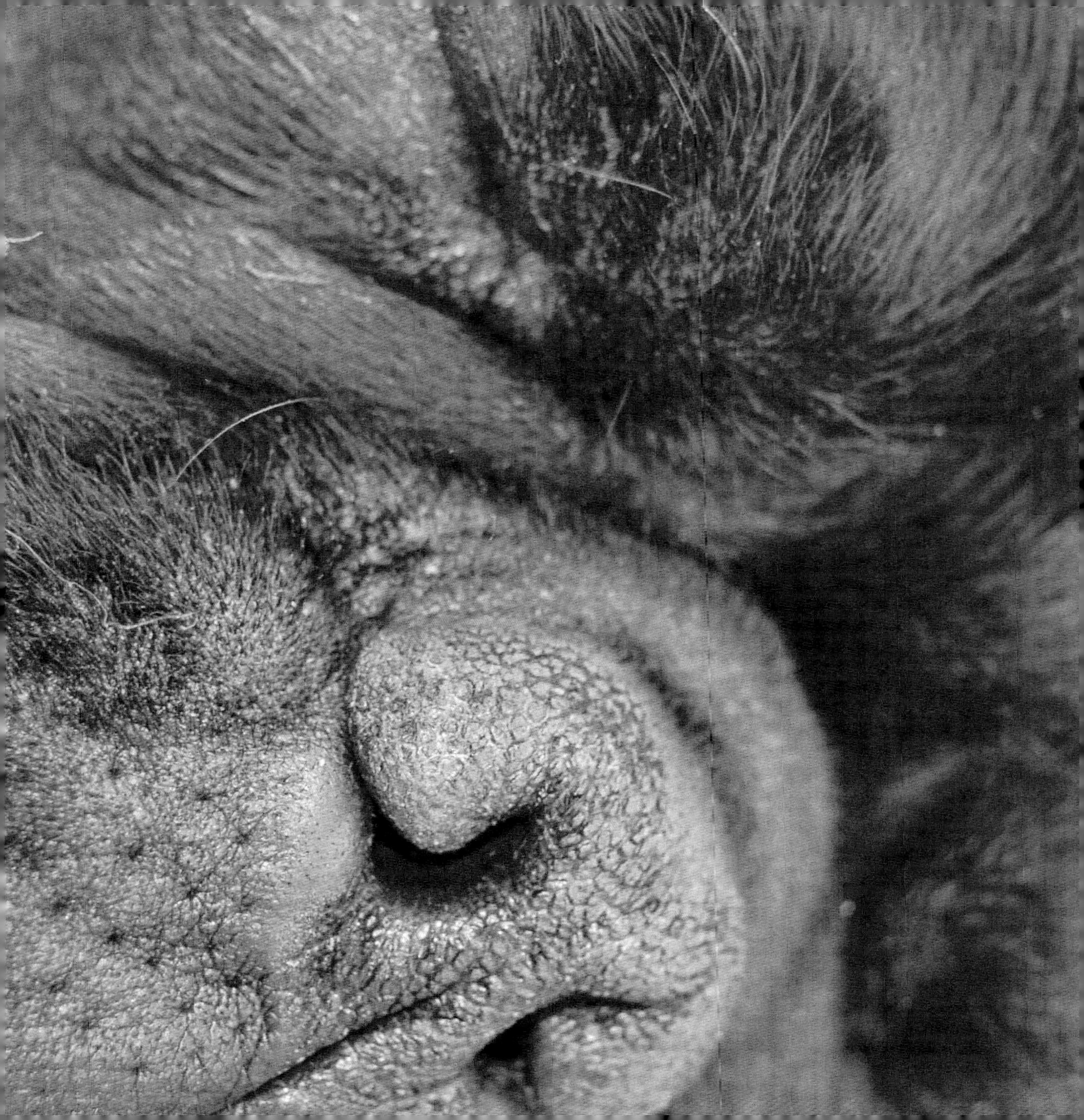

Gedanken zum Schluss

Wie so oft lagen Kasper und Mika auch am Silvesterabend zusammengekuschelt auf der Couch und hörten sich gelassen die ersten Böllerschüsse und Raketen an. Dabei schnauften sie abwechselnd tief und zufrieden und blinzelten sich immer wieder gegenseitig an. Und tatsächlich gelang es mir, den ein oder anderen Brocken ihres Gesprächs zu erhaschen...

Kasper:
Unglaublich, der Radau da draußen! Ich kann das Brimborium um den letzten Tag des Jahres einfach nicht verstehen. Und was heißt schon "der letzte Tag"? Morgen gehen wir, genauso wie gestern und heute, wieder gemütlich spazieren. Wahrscheinlich wird es ewig so weitergehen.

Mika:
Aber trotzdem können wir doch heute mal die Sau rauslassen! Ich bin mir sicher, dass ich es schaffe, eine Rakete in vollem Flug zu erlegen!

Kasper:
Sei lieber froh, dass der Ridgeback heute nicht ***dich*** erlegt hat. Du hast dich aufgeführt wie irre. Und wahrscheinlich stecken doch unerkannte Dobermann-Gene in dir.

Mika:
Und bei dir hat wohl ein Häschen mitgemischt! Hast den Schwanz eingezogen vor dem Ridgeback-Jüngling, dass es einfach peinlich war!

Kasper:
(schnauft tief durch, schnarcht ein bisschen und scheint zu grinsen)

Mika:
Hey Alter! Ich hab was gesagt!

Kasper:
(schnauft nochmal tief und schläft schon fast)

Nun folgen Nasenstüber in Kaspers Weichteile. Mika lässt nicht locker und schleckt und schmatzt aufgeregt zwischen Kaspers Hinterbeinen herum. Dieser stellt sich noch schlafend, ist aber schon sichtlich genervt. Mika setzt noch eins drauf und sucht seine kleine Kaustange. Mit dem Stängchen zwischen den Zähnen stellt er seine Vorderfüße auf den schlafenden Kasper. Das Stängchen wedelt er stolz hin und her und protzt, was er kann! Nu isses genug!

Kasper:
Elender, kleiner Lästling! Fang dir doch Nachbars Katze!

Mika:
Katze??? (Und ab!)

Kasper:
Ja, ja, nun ist er schon zwei Jahre alt. Das Alter, in dem Möpse angeblich ruhiger werden. Aber ich sag´s ja: Da steckt ein Dobermann mit drin. Und ein bisschen Affe und Schmusekatze. Und ein bisschen Fresssack - ist das auch ein Säugetier? Jedenfalls ist das bisschen Mops sehr egozentrisch. Er denkt eigentlich immer nur an sich und seine Bequemlichkeit. So räkelt er sich nachts auch immer zwischen Frauchens Beinen, so dass sie sich kaum umdrehen kann. Ich dagegen lege mich ganz clever in die Besucherritze. Da belästige ich niemanden und werde vor allem selbst nicht belästigt, wenn sich die Menschen wenden.

Mika kommt atem- und erfolglos von der Katzenhatz zurück, rennt in die Küche und versucht mich zu hypnotisieren. Hunger!!!

Kasper:
Hast du eigentlich nie genug?

Mika:
Wie könnte ich das!? Während du am Wochenende bis in die Puppen schläfst, könnte ich schon wesentlich früher ein Luxusfrühstück genossen haben. Denkst du wohl, ich springe aus Spaß morgens um 6 im dunklen Treppenhaus 32 Stufen hinunter?

Kasper:

Nun ja, bisher wurden wir noch immer alle satt.

Mika:

Ach ja? Und wie ist das mit den Markknochen? Da kannst du Gierschlund ja nie genug bekommen. Frisst doppelt so schnell, damit du mir meinen Knochen auch noch abjagen kannst. Manchmal denke ich, du übertreibst deine Alpha-Rolle doch ein wenig!

Ich:

Ihr Lieben, beruhigt euch! Bisher ging es noch immer gerecht zu, vor allem, was den Frühstückskäse betrifft.

Kasper und Mika (gemeinsam):

Das wollten wir dir schon immer einmal sagen: Wir finden es absolut unfair, dass ***du*** vom Käse immer das größte Stück bekommst!

Und beide kuscheln sich wieder gemütlich zueinander, als wäre nichts gewesen. War was?

Vielleicht gelingt es mir im nächsten Jahr, aus meinen Möpsen schlau zu werden. Bisher stecken sie mich in die Tasche!

Über mich

Mein Name ist Andrea Fuchs. Ich bin 1969 geboren und arbeite als Grundschullehrerin. Mit Mann, drei pubertierenden Kindern, zwei Möpsen und einer Breitrandschildkröte lebe ich in einer pfälzischen Kleinstadt.

In meiner Freizeit sind mein größtes Hobby natürlich die Hunde. Schon lange wünsche ich mir, unsere gemeinsamen Erlebnisse und Fotos in einem Buch zusammenzutragen. Nun hab ich den Schritt gewagt. Vielen Dank an meine Familie und die besten Hunde, die es gibt: Kasper und Mika.